SV

Band 1214 der Bibliothek Suhrkamp

Michel Foucault
Die Hoffräulein

Aus dem Französischen
von Ulrich Köppen
Mit Abbildungen

Suhrkamp Verlag

Der Text wurde Michel Foucaults
Die Ordnung der Dinge entnommen (Kapitel 1).

Farbtafel:
Gemälde von Velasquez, Las Meniñas, 1656

Erste Auflage 1996
© Suhrkamp Verlag Frankfurt am Main 1971
Alle Rechte vorbehalten
Druck: Nomos Verlagsgesellschaft, Baden-Baden
Printed in Germany

Die Hoffräulein

I.

Der Maler steht etwas vom Bild entfernt. Er wirft einen Blick auf das Modell. Vielleicht ist nur noch ein letzter Tupfer zu setzen, vielleicht ist aber auch der erste Strich noch nicht einmal getan. Der Arm, der den Pinsel hält, ist nach links, in Richtung der Palette, geknickt und verharrt einen Augenblick unbeweglich zwischen der Leinwand und den Farben. Die geschickte Hand ist durch den Blick einen Moment zum Stillstand gekommen; andererseits ruht der Blick auf der Geste des Einhaltens. Zwischen der feinen Spitze des Pinsels und dem stählernen Blick kann das Schauspiel seinen vollen Umfang entfalten.

Das geschieht nicht ohne ein subtiles System von Ausweichmanövern. Der Maler hat sich in einige Entfernung neben das Bild gestellt, an dem er gerade arbeitet. Für den Betrachter steht er rechts von seinem Bild, das die äußerste linke Seite einnimmt. Demselben Betrachter ist nur die Rückseite des Bildes sichtbar, nur das riesige Gestell ist dem Blick freigegeben. Dagegen ist der Maler völlig sichtbar. Auf jeden Fall ist er nicht durch die hohe Leinwand verborgen, die ihn vielleicht in einigen Augenblicken verdecken wird, wenn er auf sie zugeht und sich wieder an die Arbeit macht. Wahrscheinlich ist er dem Betrachter gerade sichtbar geworden, als er aus dieser Art virtuellen Käfigs heraustrat, den die Oberfläche der Leinwand, die er bemalt, nach hinten projiziert. Man kann ihn jetzt, in einem Augenblick des Verharrens, im neutralen Zentrum dieser Oszillation sehen. Seine dunkle Gestalt, sein helles Gesicht bilden die Mitte zwischen Sichtbarem und Unsichtbarem. Er tritt hinter der für uns nicht einsehbaren Leinwand hervor und wird dadurch sichtbar; wenn er aber gleich einen Schritt nach rechts tun und sich unseren Blicken entziehen wird, wird er genau vor dem von ihm gemalten Bild stehen. Er wird dann an jenem Platz vor dem für einen Augenblick vernachlässigten Bild stehen, das schattenlos und ohne etwas zu verschweigen für ihn wieder sichtbar werden wird. Als könnte der Maler nicht gleichzeitig auf dem Bild, das ihn darstellt, gesehen werden und seinerseits dasjenige sehen, auf dem er gerade etwas darstellen will. Er herrscht an der Grenze dieser beiden unvereinbaren Sichtbarkeiten.

Der Maler betrachtet mit leicht gewendetem Gesicht und zur Schulter geneigtem Kopf. Er fixiert einen unsichtbaren Punkt, den wir Betrachter aber leicht bestimmen können, weil wir selber dieser Punkt sind: unser Körper, unser Gesicht, unsere Augen. Das von ihm beobachtete Schauspiel ist also zweimal unsichtbar, weil es nicht im Bildraum repräsentiert ist und weil es genau in jenem blinden Punkt, in jenem essentiellen Versteck liegt, in dem sich unser eigener Blick unseren Augen in dem Augenblick entzieht, in dem wir blikken. Wie könnten wir jedoch diese Unsichtbarkeit vor unseren Augen nicht sehen, findet sie doch im Bild selbst ihren spürbaren Ausdruck, ihre versiegelte Gestalt. Man könnte tatsächlich erraten, was der Maler betrachtet, wenn man einen Blick auf die Leinwand werfen könnte, an der er arbeitet. Man sieht von ihr aber nur den eingespannten Rand, in der Horizontalen die Streben und in der Vertikalen die Schräge des Gestells. Das hohe, eintönige Rechteck, das die ganze linke Seite des wirklichen Bildes beherrscht und die Rückseite des abgebildeten Gemäldes bildet, stellt in der Art einer Oberfläche die in die Tiefe gehende Unsichtbarkeit dessen dar, was der Künstler betrachtet: jenen Raum, in dem wir uns befinden und der wir sind. Von den Augen des Malers zu dem von ihm Betrachteten ist eine beherrschende Linie gezogen, der wir als Betrachter uns nicht entziehen können. Sie durchläuft das wirkliche Gemälde und erreicht diesseits seiner Oberfläche jenen Ort, von dem aus wir den Maler sehen, der uns beobachtet. Diese punktierte Linie erreicht uns unweigerlich und verbindet uns mit der Repräsentation des Bildes.

Dem Anschein nach ist dieser Topos sehr einfach, er beruht auf Reziprozität. Wir betrachten ein Bild, aus dem heraus ein Maler seinerseits uns anschaut. Nichts als ein Sichgegenüberstehen, sich überraschende Augen, Blicke, die sich kreuzen und dadurch überlagern. Dennoch umschließt diese dünne Linie der Sichtbarkeit ein ganzes komplexes Netz von Unsicherheiten, Austauschungen und Ausweichungen. Der Maler lenkt seine Augen nur in dem Maße auf uns, in dem wir uns an der Stelle seines Motivs befinden. Wir, die Zuschauer, sind noch darüber hinaus vorhanden. Von diesem Blick aufgenommen, werden wir von ihm auch verdrängt und durch das ersetzt, was zu allen Zeiten vor uns da war: durch das Modell. Umgekehrt akzeptiert der Blick des Malers, den dieser nach außen in die ihm gegenüberliegende Leere richtet, so viele Modelle, wie Betrachter vorhanden sind. An dieser Stelle genau findet ein ständiger Austausch zwischen Betrachter und Betrachtetem statt. Kein Blick ist fest, oder: in der neutralen Furche des Blicks, der die Leinwand senkrecht durchdringt, kehren Subjekt und Objekt, Zuschauer und Modell ihre Rolle unbegrenzt um. Und darin liegt die zweite Funktion der großen Leinwand, deren Rückseite wir an der äußersten Linken sehen. Hartnäckig unseren Blicken entzogen, verhindert sie, daß die Beziehung der Blicke jemals feststellbar ist und definitiv hergestellt werden kann. Die opake Festigkeit, die sie auf der einen Seite herrschen läßt, macht das Spiel der Verwandlungen für immer beweglich, das sich im Zentrum zwischen dem Betrachter und dem Modell herstellt. Weil wir nur diese Rückseite sehen, wissen wir nicht, wer wir sind und was wir tun. Sehen wir, oder werden wir gesehen? Der Maler fixiert gerade einen Punkt, der von Augenblick zu Augenblick seinen Inhalt, seine Form, sein Gesicht und seine Identität wechselt. Aber die aufmerksame Unbeweglichkeit seiner Augen weist in eine andere Richtung zurück, der sie schon gefolgt sind und die sie, daran besteht kein

Zweifel, bald wieder einschlagen werden: die Richtung hin zur unbeweglichen Leinwand, auf der – vielleicht schon lange und für immer – ein Portrait umrissen ist, das nie wieder ausgelöscht wird. Infolgedessen beherrscht der souveräne Blick des Malers ein virtuelles Dreieck, das in seinen Umrissen dieses Bild eines Bildes definiert: an der oberen Ecke als einzig sichtbarer Punkt – die Augen des Malers; an der Basis einerseits der unsichtbare Standpunkt des Modells und andererseits die wahrscheinlich auf der Vorderseite der Leinwand skizzierte Gestalt.

In dem Augenblick, in dem die Augen des Malers den Betrachter in ihr Blickfeld stellen, erfassen sie ihn, zwingen ihn zum Eindringen in das Bild, weisen ihm einen zugleich privilegierten und obligatorischen Platz zu, entnehmen ihm seine lichtvolle und sichtbare Art und werfen sie auf die unzugängliche Oberfläche der Leinwand. Der Betrachter sieht seine Unsichtbarkeit für den Maler sichtbar geworden und in ein für ihn selbst definitiv unsichtbares Bild transponiert. Dies ist eine Überraschung, die noch vervielfacht und unvermeidlicher gemacht wird durch eine Falle am Rande. Auf der äußersten Rechten erhält das Bild sein Licht durch ein Fenster, das in sehr kurzer Perspektive dargestellt ist. Man sieht nur seine Vertiefung, so daß das einflutende Licht zwei benachbarte und verbundene, aber irreduzible Räume gleichmäßig beleuchtet: die Oberfäche des Bildes mit dem von ihm repräsentierten Umfang (also das Atelier des Malers oder den Salon, in dem er seine Staffelei aufgestellt hat) und vor dieser Oberfläche den wirklichen Raum, den der Zuschauer einnimmt (oder auch den irrealen Standort des Modells). Während das Licht das Zimmer von rechts nach links durchläuft, zieht es den Betrachter zum Maler und das Modell zur Leinwand. Durch dieses weite goldene Licht wird auch der Maler dem Betrachter sichtbar und läßt den Rahmen der rätselvollen Leinwand, in der sein Bild, einmal übertragen, eingeschlossen wird, in den

Augen des Modells wie goldene Linien erglänzen. Dieses äußerste Fenster, das kaum angedeutet ist, setzt ein volles und gemischtes Tageslicht frei, das der Repräsentation als gemeinsamer Punkt dient. Es bringt am anderen Ende des Bildes ein Gegengewicht zu der unsichtbaren Leinwand zustande: so wie diese, indem von ihr nur die Rückseite sichtbar ist, sich gegen das sie repräsentierende Gemälde lehnt und durch die Überlagerung ihrer sichtbaren Rückseite und der Oberfläche des sie tragenden Gemäldes den für uns unzugänglichen Punkt bildet, an dem das Bild *par excellence* schillert, so richtet auch das Fenster als reine Öffnung einen Raum ein, der ebenso manifest ist, wie der andere verborgen ist. Dem Maler, den Personen, den Modellen, den Betrachtern ist er ebenso vertraut wie der andere einsam (denn keiner sieht ihn an, nicht einmal der Maler). Von rechts dringt durch ein unsichtbares Fenster das reine Volumen eines Lichts, das jede Repräsentation sichtbar werden läßt. Links dehnt sich die Fläche aus, die auf der Vorderseite ihres allzu sichtbaren Rahmens die von ihr getragene Repräsentation verbirgt. Das Licht hüllt, indem es die Szene überflutet (sowohl das Zimmer, als auch die Leinwand, das auf der Leinwand repräsentierte Zimmer und das Zimmer, in dem die Staffelei aufgestellt ist), die Personen und Betrachter ein und zieht sie durch den Blick des Malers zu dem Punkt, wo der Maler sie repräsentieren wird. Dieser Ort ist uns aber entzogen. Wir sehen uns als durch den Maler Betrachtete und seinen Augen durch das gleiche Licht sichtbar geworden, durch das er uns sichtbar wird. In dem Augenblick, in dem wir uns als auf seine Leinwand transponiert und durch seine Hand wie in einem Spiegel wiedergegeben begreifen können, können wir von dem Bild nur dessen düstere Rückseite erfassen – die Rückseite eines klappbaren Ankleidespiegels.

Nun hat der Maler jedoch genau gegenüber den Beschauern – uns gegenüber – auf der Wand, die den Hintergrund des Zimmers bildet, eine Serie von Bildern repräsentiert. Unter allen diesen Bildern glänzt eines ganz besonders stark. Sein Rahmen ist breiter und dunkler als die der anderen. Eine helle, dünne Linie läuft indessen an seiner Innenseite entlang, wodurch auf der ganzen Oberfläche des Bildes ein Licht entsteht, dessen Ursprung schlecht zu bestimmen ist. Es kommt von nirgends, es sei denn von einem in ihm liegenden Raum. In dieser seltsamen Helligkeit erscheinen zwei Silhouetten und über ihnen, ein wenig weiter hinten, ein langer Purpurvorhang. Die anderen Bilder zeigen kaum mehr als einige fahle Flecken an der Grenze einer tiefen Nacht. Dieses Bild aber ist auf einen Raum hin geöffnet, in dem sich Gegenstände in der Tiefe in einer Helligkeit abstufen, die nur ihm eigen ist. Unter allen Elementen, die die Bestimmung haben, Repräsentationen zu geben, sie aber in Frage stellen, sie verhüllen oder durch ihre Position oder ihre Entfernung ausweichen lassen, ist dies das einzige, das in aller Ehrenhaftigkeit funktioniert und zeigt, was es zeigen soll. Das geschieht trotz seiner Entfernung und trotz des umgebenden Schattens. Es handelt sich aber nicht um ein Bild, sondern um einen Spiegel. Er gibt endlich den Zauber frei, den ebenso die entfernt hängenden Gemälde wie das Licht des Vordergrundes mit der ironischen Leinwand verweigerten.

Von allen Repräsentationen, die das Bild repräsentiert, ist er die einzig sichtbare. Keiner jedoch schaut ihn an. Der Maler, der neben seiner Leinwand steht und dessen Aufmerksamkeit völlig auf sein Modell gerichtet ist, kann den sanft leuchtenden Spiegel hinter sich nicht sehen. Die meisten anderen Personen auf dem Bild haben ebenfalls ihre Blicke auf das gerichtet, was sich vor ihnen abspielt – auf die helle Unsichtbarkeit, die die Leinwand begrenzt, auf jenen Balkon aus Licht, der ihrem Blick diejenigen zeigt, von denen sie angesehen werden –, und nicht auf die dunkle Höhlung, die das Zimmer abschließt, in dem sie repräsentiert sind. Zwar sind einige

Köpfe nur von der Seite sichtbar, keiner jedoch ist in ausreichendem Maße abgewandt, um hinten im Raum das kleine leuchtende Rechteck, diesen Spiegel zu sehen, der nichts als Sichtbarkeit ist, ohne daß sich jedoch ein Blick seiner bemächtigte, ihn aktualisierte und die reife Frucht seines Schauspiels genösse.

Diese Indifferenz findet sich in ihm selbst wieder. Der Spiegel reflektiert in der Tat nichts, was sich im selben Raum mit ihm befindet: weder den Maler, der ihm den Rücken zukehrt, noch die Personen in der Mitte des Zimmers. In seiner hellen Tiefe spiegelt er nicht das Sichtbare. In der holländischen Malerei war es Tradition, daß die Spiegel eine reduplizierende Rolle spielten. Sie wiederholten, was im Bild bereits gegeben war, aber in einem irrealen, modifizierten, verkürzten und gekrümmten Raum. Man sah darin die gleichen Dinge wie in der ersten Instanz des Bildes, aber nach einem anderen Gesetz zerlegt und rekomponiert. Hier wiederholt der

Spiegel nichts von dem, was bereits gesagt worden ist. Dennoch ist seine Position in etwa zentral. Sein oberer Rand liegt genau auf der Linie, die die Höhe des Bildes halbiert, er nimmt auf der Wand im Hintergrund (oder zumindest in dem sichtbaren Teil davon) eine Mittelposition ein. Er müßte also von den gleichen perspektivischen Linien gekreuzt werden wie das Bild selbst. Man könnte erwarten, daß sich in ihm dasselbe Atelier, derselbe Maler, dieselbe Leinwand in einem identischen Raumverhältnis ordnen. Er könnte das perfekte Doppel sein.

Indes, er zeigt nichts von dem, was auf dem Gemälde zu sehen ist. Sein unbeweglicher Blick wird vor dem Bild, in jenem notwendig unsichtbaren Gebiet, das sein äußeres Gesicht bildet, die dort befindlichen Personen erfassen. Statt sich um die sichtbaren Dinge zu drehen, durchquert dieser Spiegel das ganze Feld der Repräsentation und vernachlässigt das, was er darin erfassen könnte, stellt die Sichtbarkeit dessen wieder her, was außerhalb der Zugänglichkeit jedes Blickes bleibt. Die Unsichtbarkeit, die er überwindet, ist nicht die des Verborgenen: er umgeht kein Hindernis, er weicht von keiner Perspektive ab, er wendet sich an das, was gleichzeitig durch die Struktur des Bildes und durch seine Existenz als Malerei unsichtbar ist. Was in ihm reflektiert wird, ist das, was alle Personen auf der Leinwand gerade fixieren, indem sie den Blick starr vor sich richten; also das, was man sehen könnte, wenn die Leinwand sich nach vorn verlängerte, tiefer hinabreichte, bis sie die Personen miteinbezöge, die dem Maler als Modell dienen. Da die Leinwand dort ihr Ende hat und den Maler und sein Atelier zeigt, ist es allerdings auch das, was dem Bild in dem Maße äußerlich ist, in dem es Bild ist, das heißt, in dem es rechteckiges Fragment von Linien und Farben mit dem Auftrag ist, etwas in den Augen jeden möglichen Betrachters zu repräsentieren. Im Hintergrund des Zimmers läßt der Spiegel, von allen unbemerkt, die Gestalten aufleuchten, die der Maler betrachtet (der Maler in seiner repräsentierten, objektiven Wirklichkeit als der eines arbeitenden Malers); aber auch die Gestalten, die den Maler anschauen (in jener materiellen Realität, die die Linien und Farben auf der Leinwand niedergelegt haben). Diese beiden Gestalten sind, die eine wie die andere, unzugänglich, dies jedoch auf unterschiedliche Weise: die erste durch die Kompositionswirkung, die dem Bild eigen ist, die zweite durch das Gesetz, das der Existenz eines jeden Bildes im allgemeinen seine Zwänge auferlegt. Hier besteht das Spiel der Repräsentation darin, von den beiden Formen der Unsichtbarkeit die eine in einer beweglichen Überlagerung an die Stelle der anderen zu setzen und sie sofort an das andere äußerste Ende des Bildes zu verlagern, an jenen Pol, der der im höchsten Maße repräsentierte ist: der einer Reflextiefe in der Höhlung einer Bildtiefe. Der Spiegel sichert eine Metathese der Sichtbarkeit, die gleichzeitig den im Bild repräsentierten Raum und dessen Wesen als Repräsentation berührt. Er läßt im Zentrum der Leinwand das sehen, was vom Bild notwendig zweimal unsichtbar ist.

Das ist eine seltsame Art, buchstabengetreu, wenn auch umgekehrt, den Rat anzuwenden, den der alte Pachero seinem Schüler offensichtlich gegeben hatte, als er im Atelier von Sevilla arbeitete: »Das Bild muß aus dem Rahmen heraustreten.«

II.

Vielleicht ist es jetzt an der Zeit, jenes Bild zu nennen, das in der Tiefe des Spiegels erscheint und das der Maler vor dem Bild betrachtet. Vielleicht ist es besser, die Identität der vorhandenen oder gezeigten Personen festzuhalten, um nicht unendlich in diese schwimmenden Bezeichnungen verwickelt zu werden, die doch ein wenig abstrakt und immer von Zweideutigkeit und Verdoppelungen gefährdet sind. Gemeint sind die schwimmenden Bezeichnungen »der Maler«, »die Gestalten«, »die Modelle«, »die Betrachter«, »die Bilder«. Statt ohne Ende eine auf fatale Weise dem Sichtbaren unangemessene Sprache fortzusetzen, genügte es zu sagen, daß Velasquez ein Bild geschaffen hat, daß auf diesem Bild er sich selbst in einem Atelier oder in einem Saal des Escorial repräsentiert hat, während er gerade zwei Personen malt, die die Infantin Margarete, von Hofdamen, Hoffräulein, Höflingen und Zwergen umgeben, betrachtet. Dieser Gruppe kann man sehr genau ihre Namen geben: die Überlieferung erkennt Doña Maria Agustina Sarmiento, dann Nieto, dann Nicolaso Pertusato, einen italienischen Komödianten. Man braucht nur noch hinzuzufügen, daß die beiden dem Maler als Modell dienenden Personen nicht, wenigstens nicht direkt sichtbar sind, daß man sie aber in einem Spiegel bemerken kann und es sich wahrscheinlich um König Philipp IV. und seine Frau Marianna handelt.

Diese Eigennamen könnten nützliche Aufschlüsse bieten und würden doppeldeutige Bezeichnungen vermeiden, sie würden uns auf jeden Fall sagen, was der Maler und mit ihm die Mehrzahl der Personen des Bildes anschaut. Aber die Beziehung der Sprache zur Malerei ist eine unendliche Beziehung; das heißt nicht, daß das Wort unvollkommen ist und angesichts des Sichtbaren sich in einem Defizit befindet, das es vergeblich auszuwetzen versuchte. Sprache und Malerei verhalten sich zueinander irreduzibel: vergeblich spricht man das aus, was man sieht: das, was man sieht, liegt nie in dem, was man sagt; und vergeblich zeigt man durch Bilder, Metaphern, Vergleiche das, was man zu sagen im Begriff ist. Der Ort, an dem sie erglänzen, ist nicht der, den die Augen freilegen, sondern der, den die syntaktische Abfolge definiert. Nun ist der Eigenname in diesem Spiel nur ein Kunstmittel: er gestattet, mit dem Finger zu zeigen, das heißt, heimlich von dem Raum, in dem man spricht, zu dem Raum überzugehen, in dem man betrachtet, das heißt, sie bequem gegeneinander zu stülpen, als seien sie einander entsprechend. Wenn man aber die Beziehung der Sprache und des Sichtbaren offenhalten will, wenn man nicht gegen, sondern ausgehend von ihrer Unvereinbarkeit sprechen will, so daß man beiden möglichst nahe bleibt, dann muß man die Eigennamen auslöschen und sich in der Unendlichkeit des Vorhabens halten. Durch Vermittlung dieser grauen, anonymen, stets peinlich genauen und wiederholenden, weil zu breiten Sprache wird die Malerei vielleicht ganz allmählich ihre Helligkeiten erleuchten.

Man muß also so tun, als wisse man nicht, wer sich im Hintergrund des Spiegels reflektiert, und diese Spiegelung auf der einfachen Ebene ihrer Existenz befragen.

Zunächst ist diese Spiegelung die Kehrseite der großen, links repräsentierten Leinwand, die Kehrseite oder eher die Vorderseite, da sie von vorn das zeigt, was die Leinwand durch ihre Stellung verbirgt. Außerdem steht die Spiegelung in Opposition zum Fenster und verstärkt es. Wie das Fenster ist der Spiegel ein Ort, der dem Bild und dem ihm Äußerlichen gemeinsam ist. Aber das Fenster operiert mit der fortgesetzten Bewegung einer Effusion, die von rechts nach links den aufmerksamen Personen, dem Maler, dem Bild das Schauspiel zugesellt, das sie betrachten. Der Spiegel ist in einer momentanen, rein überraschenden und heftigen Bewegung auf der Suche vor dem Bild nach dem befindlich, was betrachtet wird, was nicht sichtbar ist, um es in der fiktiven Tiefe sichtbar, aber für alle Blicke indifferent werden zu lassen. Die beherrschende punktierte Linie, die zwischen dem Reflex und dem Reflektierten gezogen werden kann, schneidet den seitlichen Einfall des Lichtes senkrecht durch. Schließlich, und das ist die dritte Funktion des Spiegels, hängt er unmittelbar neben einer Tür, die sich wie er in der Mauer im Hintergrund öffnet. Diese Tür schneidet auch ein helles Rechteck heraus, dessen mattes Licht nicht in das Zimmer dringt. Es wäre nichts als eine vergoldete Fläche, wenn die Tür sich nicht nach außen grübe, wenn sie nicht durch die skulpturartige Oberfläche und die Kurve eines Vorhangs und den Schatten verschiedener Stufen unterstrichen wäre. Dort beginnt ein Korridor, aber statt sich in der Dunkelheit zu verlieren, löst er sich in einer gelben Helle auf, in der das Licht, ohne nach vorn einzudringen, in sich selbst tobt und seine Ruhe findet. Auf diesem gleichzeitig nahen und grenzenlosen

Hintergrund hebt sich die hohe Silhouette eines Mannes ab. Man sieht ihn im Profil, mit einer Hand hält er das Gewicht eines Vorhangs, seine Füße ruhen auf zwei verschiedenen Stufen, er hat das Knie gebeugt. Vielleicht wird er in das Zimmer eintreten, vielleicht beschränkt er sich darauf, zu betrachten, was sich im Innern abspielt, und ist zufrieden, zu beobachten, ohne beobachtet zu werden. Wie der Spiegel fixiert er das Innere der Szene. Und man schenkt ihm nicht mehr Aufmerksamkeit als dem Spiegel; man weiß nicht, woher er kommt; man kann annehmen, daß er im Laufe von unbestimmten Korridoren das Zimmer, in dem die Personen vereint sind und wo der Maler arbeitet, umgangen hat. Vielleicht befand er sich ebenfalls gerade im Vordergrund der Szene, in dem unsichtbaren Gebiet, das alle Augen des Bildes anschauen. Wie die Bilder, die man im Hintergrund des Spiegels beobachtet, kann auch er ein Emissär jenes verborgenen und evidenten Raumes sein. Er stellt jedoch einen Unterschied dar, indem er in Fleisch und Blut vor uns steht. Er tritt aus dem Äußeren hervor, befindet sich an der Schwelle des dargestellten Raumes. Er ist nicht anzweifelbar, ist kein wahrscheinlicher Reflex, sondern direktes Hereinbrechen. Der Spiegel läßt, indem er uns jenseits der Mauern des Ateliers das sehen läßt, was sich vor dem Bild ereignet, in seiner pfeilartigen Dimension das Innere und das Äußere oszillieren: einen Fuß auf der Stufe, den Körper völlig seitlich gekehrt, tritt der unbestimmte Besucher sowohl ein als auch hinaus, befindet er sich in einer unbeweglichen Balancestellung. Er wiederholt auf der Stelle, aber in der dunklen Realität seines Körpers, die plötzliche Bewegung der Bilder, die das Zimmer durchqueren, in den Spiegel eindringen, sich darin reflektieren und wie sichtbare neue und identische Arten wieder daraus hervortreten. Fahl und klein, werden die Silhouetten im Spiegel durch die hohe und feste Statur des Mannes abgewiesen, der im Rahmen der Tür erscheint.

Man muß aber vom Hintergrund des Bildes in den vorderen Raum der Szene zurückschreiten, man muß die von uns durchlaufene, schneckenförmige Bewegung verlassen. Vom Blick des Malers ausgehend, der links gleichsam ein abgehobenes Zentrum bildet, bemerkt man zunächst die Rückseite der Leinwand, dann die ausgestellten Bilder, in ihrer Mitte den Spiegel, dann die offene Tür, neue Bilder, von denen aber eine sehr enge Perspektive nur die Rahmen in ihrer Dicke sehen läßt, und dann auf der äußersten Rechten das Fenster, oder vielmehr die Fensterumrandung, durch die das Licht bricht. Diese schraubenartig geformte Muschel bietet den ganzen Zyklus der Repräsentation: den Blick, die Palette, den Pinsel, die noch unberührte Leinwand (das sind die materiellen Instrumente der Repräsentation), die Bilder, die Reflexe, den realen Menschen (die vollendete, aber gewissermaßen von illusorischen oder wirklichen Inhalten, die ihr nahegerückt sind, freigemachte Repräsentation); dann löst sich die Repräsentation auf: man sieht davon nur noch die Rahmen und jenes Licht, in dem von außen die Bilder gebadet werden, das aber diese wiederum in ihrer ihnen eigenen Art so darstellen müssen, als komme es von woanders und durchquere ihre Rahmen aus dunklem Holz. Und dieses Licht sieht man in der Tat auf dem Bild, das im Zwischenraum des Rahmens aufzutauchen scheint. Von da aus gelangt es zur Stirn, zu den Wangen, den Augen, dem Blick des Malers, der mit der einen Hand die Palette, mit der anderen den feinen Pinsel hält... So schließt sich die schneckenartige Kurve, oder vielmehr, so wird sie durch dieses Licht geöffnet.

Diese Öffnung ist nicht mehr – wie im Hintergrund – eine Tür, die man aufgemacht hat, sondern es handelt sich um die Breite des Bildes selbst, und die Blicke, die darauf fallen, sind nicht mehr die eines fernen Besuchers. Der Fries, der den Vorder- und Mittelgrund des Bildes darstellt, wenn man dabei den Maler einbezieht, repräsentiert acht Personen.

Fünf unter ihnen mit mehr oder weniger geneigtem, abgewandtem oder gebeugtem Kopf schauen senkrecht aus dem Bild. Das Zentrum der Gruppe nimmt die kleine Infantin mit ihrem weiten grauen und rosa Kleid ein. Die Prinzessin wendet den Kopf zur Rechten des Bildes, während ihr Oberkörper und die großen Volants des Kleides leicht nach links gehen. Aber der Blick ist genau senkrecht in die Richtung des Betrachters gerichtet, der sich vor dem Bild befindet. Eine mittlere Linie, die die Leinwand in zwei gleiche Flügel teilte, verliefe zwischen den Augen des Kindes. Sein Gesicht befindet sich in einem Drittel der Höhe des Bildes. Infolgedessen liegt da das Hauptthema der Komposition. Daran ist nicht zu zweifeln. Das ist der eigentliche Gegenstand dieses Gemäldes. Als wollte er es beweisen und noch besser unterstreichen, hat der Maler Zuflucht zu einer traditionellen Gestalt genommen: neben der Hauptgestalt hat er eine andere gemalt, die kniet und sie anschaut. Wie der betende Stifter, wie der die

Jungfrau grüßende Engel streckt eine kniende Gouvernante die Hände zur Prinzessin. Ihr Gesicht hebt sich in einem vollkommenen Profil ab. Es befindet sich in der Höhe jenes des Kindes. Die Hofdame betrachtet die Prinzessin und betrachtet nur sie. Ein wenig weiter rechts befindet sich eine andere Hofdame, die ebenfalls zur Infantin gewendet ist, sich leicht über sie neigt, aber die Augen eindeutig nach vorne gerichtet hat, dorthin, wohin bereits der Maler und die Prinzessin schauen. Schließlich gibt es zwei Gruppen, aus jeweils zwei Personen: die eine ist etwas zurückgezogen, die andere besteht aus Zwergen und befindet sich ganz im Vordergrund. Bei beiden Paaren schaut eine Person nach vorn, die andere nach rechts oder links. Durch ihre Stellung und ihre Größe entsprechen die beiden Gruppen einander und bilden eine Dublette. Weiter hinten die Höflinge (die Frau links schaut nach rechts), weiter vorne die Zwerge (der Knabe, der sich ganz außen rechts befindet, betrachtet das Bildinnere).

Diese Personengruppe in ihrer so gearteten Aufstellung kann je nach der Aufmerksamkeit, die man dem Bild schenkt, oder dem Bezugszentrum, das man wählt, zwei Figuren bilden. Die eine wäre ein großes X, im oberen linken Punkt läge der Blick des Malers und rechts der des Höflings; an der unteren Spitze links die Ecke der von der Rückseite repräsentierten Leinwand (genauer der Fuß des Gestells); rechts der Zwerg (sein auf den Rücken des Hundes gestützter Schuh). Im Kreuzungspunkt dieser beiden Linien, im Zentrum des X, der Blick der Infantin. Die andere Figur wäre eher die einer weiten Kurve; ihre beiden Grenzpunkte wären links durch den Maler und durch den rechten Höfling bestimmt – zwei hohe und nach hinten verlegte Extrempunkte. Die viel weiter herangezogene Krümmung fiele mit dem Gesicht der Prinzessin zusammen und mit dem Blick, den die Hofdame auf das Gesicht richtet. Diese weiche Linie zieht eine Schalenform, die gleichzeitig in der Mitte des Bildes die Stellung des Spiegels einbezieht und freiläßt.

Es gibt also zwei Zentren, die das Bild organisieren können, je nachdem, woran sich die Aufmerksamkeit des Betrachters heftet. Die Prinzessin steht mitten in einem Andreaskreuz, das sich um sie dreht mit der Schar aus Höflingen, Hofdamen, Tieren und Komödianten. Aber dieses Gedrehe ist durch ein Schauspiel angereichert, das absolut unsichtbar wäre, wenn die gleichen, plötzlich unbeweglichen Personen nicht wie in der Höhlung einer Schale die Möglichkeit böten, in die Tiefe eines Spiegels zu blicken und dabei die unvorhergesehene Verdoppelung ihrer Betrachtung zu erspähen. In der Richtung der Tiefe überlagert sich die Prinzessin dem Spiegel, in der Richtung der Höhe liegt der Reflex über dem Gesicht. Aber die Perspektive rückt sie beide in eine Nachbarschaft, so daß von beiden eine unvermeidliche Linie ausgeht. Die eine vom Spiegel ausgehende Linie durchbricht die ganze repräsentierte Dicke (und geht sogar noch darüber hinaus, weil der Spiegel die Wand im Hintergrund durchlöchert und hinter ihr einen neuen Raum entstehen läßt); die andere ist kürzer, sie kommt vom Blick des Kindes und durchquert nur den Vordergrund. Diese beiden pfeilartigen Linien konvergieren in einem sehr spitzen Winkel, und ihr Treffpunkt diesseits der Leinwand liegt in dem Punkt fest, von dem aus wir etwa das Bild betrachten. Dieser Punkt ist ungewiß, da wir ihn nicht sehen. Er ist jedoch unvermeidlich und perfekt definiert, weil er durch diese beiden Hauptfiguren vorgeschrieben ist und außerdem von anderen punktierten, hinzukommenden Linien bestätigt wird, die aus dem Bild entstehen und ebenfalls aus dem Bild herauslaufen.

Was schließlich liegt in diesem völlig unzugänglichen Punkt, der dem Bild äußerlich ist, aber durch die ganzen Linien seiner Komposition vorgeschrieben wird? Was ist das für ein Schauspiel, was sind das für Gesichter, die sich zunächst in der Tiefe der Pupillen der Infantin, dann der Höflinge und des Malers und dann in der fernen Helle des Spiegels reflektieren? Aber sogleich wird diese Frage verdoppelt: das Gesicht, das der Spiegel wiedergibt, ist auch das, das ihn ansieht. Was alle Personen des Bildes betrachten, das sind auch die Personen, deren Augen sie als eine anzuschauende Szene geboten werden. Das Bild in seiner Gänze blickt auf eine Szene, für die es seinerseits eine Szene ist. Der Spiegel als Betrachtender und Betrachteter manifestiert eine reine Reziprozität, deren beide Momente in den beiden Winkeln des Bildes aufgelöst werden: links steht die umgekehrte Leinwand, durch die der äußere Punkt zu einem reinen Schauspiel wird, rechts liegt der Hund, das einzige Element des Bildes, das weder schaut noch sich bewegt, weil es mit seinen großen Umrissen und dem Licht, das auf seinen seidigen Haaren spielt, nur dazu geschaffen ist, ein Gegenstand zu sein, den man betrachtet.

Dieses Schauspiel, das da im Blick ist, bilden, so hat uns der erste Eindruck des Gemäldes sofort gelehrt, die Herrscher. Man vermutet sie bereits hinter dem respektvollen Blick der Umstehenden, in dem Staunen des Kindes und der Zwerge. Man erkennt sie am Ende des Bildes in den beiden kleinen Silhouetten, die der Spiegel erglänzen läßt. Mitten in all diesen aufmerksamen Gesichtern und den geschmückten Körpern sind sie das bleicheste, am wenigsten reale, am meisten in Frage gestellte Bild: eine Bewegung, etwas Licht würden schon genügen, um sie verschwinden zu lassen. Von allen dargestellten Personen sind sie die am meisten vernachlässigten, denn niemand widmet jenem Reflex Aufmerksamkeit, der sich hinter allen einschleicht und schweigend durch einen unvermuteten Raum eingeführt wird. In dem Maße, in dem sie sichtbar sind, sind sie die zerbrechlichste Form und am entferntesten von der Realität. Umgekehrt sind sie in dem Maße, in dem sie außerhalb des Bildes stehend in eine essentielle

Unsichtbarkeit zurückgezogen sind, das Zentrum, um das sich die ganze Repräsentation ordnet. Ihnen steht man gegenüber, zu ihnen ist man gewandt, ihren Augen wird die Prinzessin in ihrem Festkleid präsentiert. Von der umgedrehten Leinwand zur Infantin und von dieser zum spielenden Zwerg auf der äußersten Rechten ist eine Kurve gezeichnet (öffnet sich der untere Zweig des X), um für ihren Blick die ganze Anordnung des Bildes zu ordnen und so das ganze Zentrum der Komposition erscheinen zu lassen, dem der Blick der Infantin und das Bild im Spiegel schließlich unterworfen sind.

Dieses Zentrum ist symbolisch souverän in der Geschichte, da es durch den König Philipp IV. und seine Frau besetzt ist. Aber vor allem ist es durch die dreifache Funktion souverän, die es in Beziehung zum Bild einnimmt. In ihm überlagern sich genau der Blick des Modells im Augenblick, in dem es gemalt wird, der des Betrachters, der die Szene anschaut, und der des Malers im Augenblick, in dem er sein Bild komponiert (nicht das, das repräsentiert wird, sondern das, das vor uns liegt und von dem wir sprechen). Diese drei »betrachtenden« Funktionen vermischen sich in einem dem Bild äußeren Punkt: das heißt, in einem idealen Punkt in Beziehung zu dem, was repräsentiert wird, der aber völlig real ist, da von ihm ausgehend die Repräsentation möglich wird. In dieser Realität kann er nicht unsichtbar sein. Indessen wird diese Realität ins Innere des Bildes projiziert – projiziert und in drei Gestalten zerbrochen, die den drei Funktionen dieses idealen und realen Punktes entsprechen. Dies sind links der Maler mit seiner Palette in der Hand (Selbstportrait des Malers des Bildes); rechts der Besucher, einen Fuß auf der Stufe und bereit, in das Zimmer einzutreten, der die ganze Szene von hinten betrachtet, aber das königliche Paar von vorne sieht, das das Schauspiel selbst bildet; schließlich im Zentrum das Spiegelbild des Königs und der Königin, die geschmückt, unbeweglich, in der Haltung geduldiger Modelle verharren.

Dieses Spiegelbild zeigt naiv und im Schatten, was jedermann im Vordergrund betrachtet. Es restituiert gewissermaßen durch Verzauberung das, was jedem Blick fehlt: dem des Malers das Modell, das sein auf dem Bild repräsentiertes Double abmalt, dem des Königs sein Portrait, das sich auf der Vorderseite der Leinwand befindet und das er von seinem Standpunkt aus nicht sehen kann; dem des Zuschauers das reale Zentrum der Szene, dessen Platz er wie durch einen gewaltsamen Einbruch eingenommen hat. Vielleicht aber ist diese Großzügigkeit des Spiegels gespielt, vielleicht verbirgt er ebensoviel und mehr, als er offenbart. Der Platz, auf dem der König mit seiner Gattin thront, ist ebenso der des Künstlers und der des Zuschauers. Im Hintergrund des Spiegels könnten und müßten das anonyme Gesicht des Vorübergehenden und das von Velasquez erscheinen. Denn die Funktion dieses Spiegelbildes ist es, ins Innere des Bildes das zu ziehen, was ihm auf intime Weise fremd ist: den Blick, der organisiert hat, und denjenigen, für den es sich entfaltet; aber weil sie in diesem Bild anwesend sind, rechts und links, so können der Künstler und der Besucher nicht im Spiegel untergebracht werden: so wie der König im Hintergrund des Spiegels in dem Maße erscheint, in dem er nicht zum Bild selbst gehört.

In der großen Kreiselbewegung, die den Perimeter des Ateliers durchlief, vom Blick des Malers, seiner Palette, seiner verharrenden Hand, bis hin zu den vollendeten Bildern, entstand die Repräsentation und vollendete sie sich, um sich erneut im Licht aufzulösen. Der Kreis war vollkommen. Andererseits sind die Linien, die die Tiefe des Bildes durchqueren, unvollständig; es fehlt allen ein Teil ihrer Bahn. Diese Lücke verdankt sich der Abwesenheit des Königs, die wiederum ein Kunstgriff des Malers ist. Aber dieser Kunstgriff deckt und bezeichnet eine Vakanz, die ihrerseits unmittelbar ist, die des Malers und des Zuschauers, wenn sie das Bild betrachten oder komponieren. Vielleicht verbürgen sich in diesem Bild wie in jeder Repräsentation (deren manifeste Essenz es sozusagen ist) wechselseitig die tiefe Unsichtbarkeit dessen, der schaut – trotz der Spiegel, der Spiegelbilder, der Imitationen, der Portraits. Um die Szene herum sind die Zeichen und die sukzessiven Zeichen der Repräsentation angebracht, aber die doppelte Beziehung der Repräsentation zu ihrem Modell und zu ihrem Souverän, zu ihrem Autor wie zu dem, dem man sie bietet, diese Beziehung ist notwendig unterbrochen. Nie kann sie ohne Rest präsent sein, selbst nicht in einer Repräsentation, die sich selbst als Schauspiel gibt. In der Tiefe, die die Leinwand durchquert und sie fiktiv aushöhlt, sie in den Raum vor sich selbst projiziert, ist es nicht möglich, daß das reine Glück des Bildes jemals in vollem Licht den Meister bietet, der repräsentiert, und den Souverän, den man repräsentiert.

Vielleicht gibt es in diesem Bild von Velasquez gewissermaßen die Repräsentation der klassischen Repräsentation und die Definition des Raums, den sie eröffnet. Sie unternimmt in der Tat, sich darin in all ihren Elementen zu repräsentieren, mit ihren Bildern, den Blicken, denen sie sich anbietet, den Gesichtern, die sie sichtbar macht, den Gesten, die die Repräsentation entstehen lassen. Aber darin, in dieser Dispersion, die sie auffängt und ebenso ausbreitet, ist eine essentielle Leere gebieterisch von allen Seiten angezeigt: das notwendige Verschwinden dessen, was sie begründet – desjenigen, dem sie ähnelt, und desjenigen, in den Augen dessen sie nichts als Ähnlichkeit ist. Dieses Sujet selbst, das gleichzeitig Subjekt ist, ist ausgelassen worden. Und endlich befreit von dieser Beziehung, die sie ankettete, kann die Repräsentation sich als reine Repräsentation geben.

Bibliothek Suhrkamp
Verzeichnis der letzten Nummern

 990 Samuel Joseph Agnon, Der Verstoßene
 991 Janet Frame, Wenn Eulen schrein
 992 Paul Valéry, Gedichte
 995 Patrick Modiano, Eine Jugend
 997 Thomas Bernhard, Heldenplatz
 998 Hans Blumenberg, Matthäuspassion
 999 Julio Cortázar, Der Verfolger
1000 Samuel Beckett, Mehr Prügel als Flügel
1001 Peter Handke, Die Wiederholung
1002 Else Lasker-Schüler, Arthur Aronymus
1003 Heimito von Doderer, Die erleuchteten Fenster
1004 Hans-Georg Gadamer, Das Erbe Europas
1005 Hans Jonas, Das Prinzip Verantwortung
1007 Juan Carlos Onetti, Der Schacht
1008 E. M. Cioran, Auf den Gipfeln der Verzweiflung
1009 Marina Zwetajewa, Ein gefangener Geist
1012 Hermann Broch, Die Schuldlosen
1013 Benito Pérez Galdós, Tristana
1014 Conrad Aiken, Fremder Mond
1015 Max Frisch, Tagebuch 1966–1971
1016 Catherine Colomb, Zeit der Engel
1017 Georges Dumézil, Der schwarze Mönch in Varennes
1018 Peter Huchel, Gedichte
1019 Gesualdo Bufalino, Das Pesthaus
1020 Konstantinos Kavafis, Um zu bleiben
1021 André du Bouchet, Vakante Glut / Dans la chaleur vacante
1022 Rainer Maria Rilke, Briefe an einen jungen Dichter
1023 René Char, Lob einer Verdächtigen / Eloge d'une Soupconnée
1024 Cees Nooteboom, Ein Lied von Schein und Sein
1025 Gerhart Hauptmann, Das Meerwunder
1026 Juan Benet, Ein Grabmal / Numa
1027 Samuel Beckett, Der Verwaiser / Le dépeupleur / The Lost Ones
1028 Ulrich Plenzdorf, Die neuen Leiden des jungen W.
1029 Bernard Shaw, Die Abenteuer des schwarzen Mädchens ...
1030 Francis Ponge, Texte zur Kunst
1031 Tankred Dorst, Klaras Mutter
1032 Robert Graves, Das kühle Netz / The Cool Web
1033 Alain Robbe-Grillet, Die Radiergummis
1034 Robert Musil, Vereinigungen
1035 Virgilio Piñera, Kleine Manöver
1036 Kazimierz Brandys, Die Art zu leben
1037 Karl Krolow, Meine Gedichte
1038 Leonid Andrejew, Die sieben Gehenkten
1039 Volker Braun, Der Stoff zum Leben 1-3
1040 Samuel Beckett, Warten auf Godot

1041 Alejo Carpentier, Die Hetzjagd
1042 Nicolas Born, Gedichte
1043 Maurice Blanchot, Das Todesurteil
1044 D. H. Lawrence, Der Mann, der Inseln liebte
1045 Jurek Becker, Der Boxer
1046 E. M. Cioran, Das Buch der Täuschungen
1047 Federico García Lorca, Diwan des Tamarit / Diván
1048 Friederike Mayröcker, Das Herzzerreißende der Dinge
1049 Pedro Salinas, Gedichte / Poemas
1050 Jürg Federspiel, Museum des Hasses
1051 Silvina Ocampo, Die Furie
1052 Alexander Blok, Gedichte
1053 Raymond Queneau, Stilübungen
1054 Dolf Sternberger, Figuren der Fabel
1055 Gertrude Stein, Q. E. D.
1056 Mercè Rodoreda, Aloma
1057 Marina Zwetajewa, Phoenix
1058 Thomas Bernhard, In der Höhe, Rettungsversuch, Unsinn
1059 Jorge Ibargüengoitia, Die toten Frauen
1060 Henry de Montherlant, Moustique
1061 Carlo Emilio Gadda, An einen brüderlichen Freund
1062 Karl Kraus, Pro domo et mundo
1063 Sandor Weöres, Der von Ungern
1064 Ernst Penzoldt, Der arme Chatterton
1065 Giorgos Seferis, Alles voller Götter
1066 Horst Krüger, Das zerbrochene Haus
1067 Alain, Die Kunst sich und andere zu erkennen
1068 Rainer Maria Rilke, Bücher Theater Kunst
1069 Claude Ollier, Bildstörung
1070 Jörg Steiner, Schnee bis in die Niederungen
1071 Norbert Elias, Mozart
1072 Louis Aragon, Libertinage
1073 Gabriele d'Annunzio, Der Kamerad mit den wimpernlosen Augen
1075 Max Frisch, Biedermann und die Brandstifter
1076 Willy Kyrklund, Vom Guten
1077 Jannis Ritsos, Gedichte
1079 Max Dauthendey, Lingam
1080 Alexej Remisow, Gang auf Simsen
1082 Octavio Paz, Adler oder Sonne?
1083 René Crevel, Seid ihr verrückt?
1084 Robert Pinget, Passacaglia
1085 Wolfgang Koeppen, Eine unglückliche Liebe
1086 Mario Vargas Llosa, Lob der Stiefmutter
1087 Marguerite Duras, Im Sommer abends um halb elf
1088 Joseph Conrad, Herz der Finsternis
1090 Czesław Miłosz, Gedichte
1091 Karl Kraus, Die letzten Tage der Menschheit
1092 Jean Giono, Der Deserteur
1093 Michel Butor, Die Wörter in der Malerei
1094 Konstantin Waginow, Auf der Suche nach dem Gesang der Nachtigall

1095 Max Frisch, Fragebogen
1096 Carlo Emilio Gadda, Die Liebe zur Mechanik
1097 Bohumil Hrabal, Die Katze Autitschko
1098 Hans Mayer, Frisch und Dürrenmatt
1099 Isabel Allende, Eine Rache und andere Geschichten
1100 Wolfgang Hildesheimer, Mitteilungen an Max
1101 Paul Valéry, Über Mallarmé
1102 Marie Nimier, Die Giraffe
1103 Gennadij Ajgi, Beginn der Lichtung
1104 Jorge Ibargüengoitia, Augustblitze
1105 Silvio D'Arzo, Des andern Haus
1106 Werner Koch, Altes Kloster
1107 Gesualdo Bufalino, Der Ingenieur von Babel
1108 Manuel Puig, Der Kuß der Spinnenfrau
1109 Marieluise Fleißer, Das Mädchen Yella
1110 Raymond Queneau, Ein strenger Winter
1111 Gershom Scholem, Judaica 5
1112 Jürgen Becker, Beispielsweise am Wannsee
1113 Eduardo Mendoza, Das Geheimnis der verhexten Krypta
1114 Wolfgang Hildesheimer, Paradies der falschen Vögel
1115 Guillaume Apollinaire, Die sitzende Frau
1116 Paul Nizon, Canto
1117 Guido Morselli, Dissipatio humani generis
1118 Karl Kraus, Nachts
1119 Juan Carlos Onetti, Der Tod und das Mädchen
1120 Thomas Bernhard, Alte Meister
1121 Willem Elsschot, Villa des Roses
1122 Juan Goytisolo, Landschaften nach der Schlacht
1123 Sascha Sokolow, Die Schule der Dummen
1124 Bohumil Hrabal, Leben ohne Smoking
1125 Peter Bichsel, Eigentlich möchte Frau Blum den Milchmann kennenlernen
1126 Guido Ceronetti, Teegedanken
1127 Adolf Muschg, Noch ein Wunsch
1128 Forugh Farrochsad, Jene Tage
1129 Julio Cortázar, Unzeiten
1130 Gesualdo Bufalino, Die Lügen der Nacht
1131 Richard Ellmann, Vier Dubliner - Wilde, Yeats, Joyce und Beckett
1132 Gerard Reve, Der vierte Mann
1133 Mercè Rodoreda, Auf der Plaça del Diamant
1134 Francis Ponge, Die Seife
1135 Hans-Georg Gadamer, Über die Verborgenheit der Gesundheit
1136 Wolfgang Hildesheimer, Mozart
1138 Max Frisch, Stich-Worte
1139 Bohumil Hrabal, Ich habe den englischen König bedient
1141 Cees Nooteboom, Die folgende Geschichte
1142 Hermann Hesse, Musik
1143 Paul Celan, Lichtzwang
1144 Isabel Allende, Geschenk für eine Braut
1145 Thomas Bernhard, Frost
1146 Katherine Mansfield, Glück

1147 Giorgos Seferis, Sechs Nächte auf der Akropolis
1148 Gershom Scholem, Alchemie und Kabbala
1149 Max Dauthendey, Die acht Gesichter am Biwasee
1150 Julio Cortázar, Alle lieben Glenda
1151 Isaak Babel, Die Reiterarmee
1152 Hermann Broch, Barbara
1154 Juan Benet, Der Turmbau zu Babel
1155 Bertolt Brecht, Die Dreigroschenoper
1156 Józef Wittlin, Mein Lemberg
1157 Bohumil Hrabal, Reise nach Sondervorschrift
1158 Tankred Dorst, Fernando Krapp hat mir diesen Brief geschrieben
1159 Mori Ōgai, Die Tänzerin
1160 Hans Jonas, Gedanken über Gott
1161 Bertolt Brecht, Gedichte über die Liebe
1162 Clarice Lispector, Aqua viva
1163 Samuel Beckett, Der Ausgestoßene
1164 Friedrike Mayröcker, Das Licht in der Landschaft
1165 Yasunari Kawabata, Die schlafenden Schönen
1166 Marcel Proust, Tage des Lesens
1167 Peter Weiss, Die Verfolgung und Ermordung Jean Paul Marats
1169 Alain Robbe-Grillet, Die blaue Villa in Hongkong
1170 Dolf Sternberger, ›Ich wünschte ein Bürger zu sein‹
1171 Herman Bang, Die vier Teufel
1172 Paul Valéry, Windstriche
1173 Peter Handke, Die Stunde da wir nichts voneinander wußten
1175 Juan Carlos Onetti, Abschiede
1176 Elisabeth Langgässer, Das Labyrinth
1177 E. M. Cioran, Syllogismen der Bitterkeit
1178 Kenzaburo Oe, Der Fang
1179 Peter Bichsel, Zur Stadt Paris
1180 Zbigniew Herbert, Der Tulpen bitterer Duft
1181 Martin Walser, Ohne einander
1182 Jean Paulhan, Der beflissene Soldat
1183 Rudyard Kipling, Die beste Geschichte der Welt
1184 Elizabeth von Arnim, Der Garten der Kindheit
1185 Marcel Proust, Eine Liebe Swanns
1186 Friedrich Cramer, Gratwanderungen
1187 Juan Goytisolo, Rückforderung des Conde don Julián
1188 Adolfo Bioy Casares, Abenteuer eines Fotografen
1189 Cees Nooteboom, Der Buddha hinter dem Bretterzaun
1190 Gesualdo Bufalino, Mit blinden Argusaugen
1191 Paul Valéry, Monsieur Teste
1192 Harry Mulisch, Das steinerne Brautbett
1193 John Cage, Silence
1194 Antonia S. Byatt, Zucker
1195 Claude Lévi-Strauss, Mythos und Bedeutung
1198 Tschingis Aitmatow, Der weiße Dampfer
1199 Gertrud Kolmar, Susanna
1201 E. M. Cioran, Gedankendämmerung
1202 Gesualdo Bufalino, Klare Verhältnisse

Bibliothek Suhrkamp
Alphabetisches Verzeichnis

Achmatowa: Gedichte 983
Adorno: Minima Moralia 236
– Noten zur Literatur I 47
– Über Walter Benjamin 260
Agnon: Der Verstoßene 990
Aiken: Fremder Mond 1014
Aitmatow: Der weiße Dampfer 1198
– Dshamilja 315
Ajgi: Beginn der Lichtung 1103
Alain: Das Glück ist hochherzig 949
– Die Kunst sich und andere zu erkennen 1067
– Die Pflicht glücklich zu sein 470
Alain-Fournier: Jugendbildnis 23
– Der große Meaulnes 142
Alberti: Zu Lande zu Wasser 60
Allende: Eine Rache und andere Geschichten 1099
– Geschenk für eine Braut 1144
Amado: Die Abenteuer des Kapitäns Vasco Moscoso 850
Anderson: Winesburg, Ohio 44
Anderson/Stein: Briefwechsel 874
Andrejew: Die sieben Gehenkten 1038
Apollinaire: Die sitzende Frau 1115
Aragon: Libertinage 1072
Arnim, E. v.: Der Garten der Kindheit 1184
Artmann: Fleiß und Industrie 691
– Gedichte über die Liebe 473
Assis de: Dom Casmurro 699
Asturias: Legenden aus Guatemala 358
Babel: Die Reiterarmee 1151
Bachmann: Der Fall Franza 794
– Malina 534
Ball: Flametti 442
– Zur Kritik der deutschen Intelligenz 690
Bang: Die vier Teufel 1171
Barnes: Antiphon 241
– Nachtgewächs 293
Barthes: Die Lust am Text 378
Becker, Jürgen: Beispielsweise am Wannsee 1112

Becker, Jurek: Der Boxer 1045
– Jakob der Lügner 510
Beckett: Der Ausgestoßene 1163
– Der Verwaiser 1027
– Erste Liebe 277
– Erzählungen und Texte um Nichts 82
– Gesellschaft 800
– Glückliche Tage 98
– Mehr Prügel als Flügel 1000
– Warten auf Godot 1040
Benet: Der Turmbau zu Babel 1154
– Ein Grabmal/Numa 1026
Benjamin: Berliner Chronik 251
– Berliner Kindheit 966
– Einbahnstraße 27
– Sonette 876
Bernhard: Alte Meister 1120
– Amras 489
– Beton 857
– Der Ignorant und der Wahnsinnige 317
– Der Schein trügt 818
– Der Stimmenimitator 770
– Der Theatermacher 870
– Der Untergeher 899
– Die Jagdgesellschaft 376
– Die Macht der Gewohnheit 415
– Elisabeth II. 964
– Frost 1145
– Heldenplatz 997
– Holzfällen 927
– In der Höhe, Rettungsversuch, Unsinn 1058
– Ja 600
– Midland in Stilfs 272
– Verstörung 229
– Wittgensteins Neffe 788
Bichsel: Eigentlich möchte Frau Blum den Milchmann kennenlernen 1125
Bichsel: Zur Stadt Paris 1179
Bioy Casares: Abenteuer eines Fotografen in La Plata 1188
Blanchot: Das Todesurteil 1043
– Thomas der Dunkle 954
– Warten Vergessen 139

Blixen: Ehrengard 917
– Moderne Ehe 886
Bloch: Erbschaft dieser Zeit 388
– Spuren. Erweiterte Ausgabe 54
Blok: Gedichte 1052
Blumenberg: Die Sorge geht über den Fluß 965
– Matthäuspassion 998
Borchers: Gedichte 509
Born: Gedichte 1042
Bouchet Du: Vakante Glut 1021
Bove: Bécon-les-Bruyères 872
– Meine Freunde 744
Brandys: Die Art zu leben 1036
Braun: Der Stoff zum Leben 1039
– Unvollendete Geschichte 648
Brecht: Die Dreigroschenoper 1155
– Dialoge aus dem Messingkauf 140
– Gedichte über die Liebe 1161
– Gedichte und Lieder 33
– Hauspostille 4
– Me-ti, Buch der Wendungen 228
– Politische Schriften 242
– Schriften zum Theater 41
– Über Klassiker 287
Breton: L'Amour fou 435
– Nadja 406
Broch: Barbara 1152
– Demeter 199
– Die Erzählung der Magd Zerline 204
– Die Schuldlosen 1012
– Esch oder die Anarchie 157
– Huguenau oder die Sachlichkeit 187
– Pasenow oder die Romantik 92
Bufalino: Der Ingenieur von Babel 1107
– Die Lügen der Nacht 1130
– Klare Verhältnisse 1202
– Mit blinden Argusaugen 1190
Bunin: Mitjas Liebe 841
Butor: Die Wörter in der Malerei 1093
Byatt: Zucker 1194
Cabral de Melo Neto: Erziehung durch den Stein 713
Cage: Silence 1193
Camus: Die Pest 771
Capote: Die Grasharfe 62

Carossa: Gedichte 596
– Ein Tag im Spätsommer 1947 649
– Führung und Geleit 688
– Rumänisches Tagebuch 573
Carpentier: Barockkonzert 508
– Das Reich von dieser Welt 422
– Die Hetzjagd 1041
Carrington: Das Hörrohr 901
Celan: Gedichte I 412
– Gedichte II 413
– Gedichte 1938-1944 933
– Der Meridian 485
– Lichtzwang 1143
Ceronetti: Teegedanken 1126
– Das Schweigen des Körpers 810
Char: Lob einer Verdächtigen 1023
Cioran: Auf den Gipfeln 1008
– Das Buch der Täuschungen 1046
– Der zersplitterte Fluch 948
– Gedankendämmerung 1201
– Gevierteilt 799
– Syllogismen der Bitterkeit 1177
– Von Tränen und von Heiligen 979
– Widersprüchliche Konturen 898
Colomb: Zeit der Engel 1016
Conrad: Herz der Finsternis 1088
Consolo: Wunde im April 977
Cortázar: Alle lieben Glenda 1150
– Unzeiten 1129
– Der Verfolger 999
Cramer: Gratwanderungen 1186
Crevel: Der schwierige Tod 987
– Seid ihr verrückt? 1083
D'Annunzio: Der Kamerad 1073
D'Arzo: Des Andern Haus 1105
Dagerman: Deutscher Herbst 924
Dauthendey: Lingam 1079
– Die acht Gesichter am Biwasee 1149
Döblin: Berlin Alexanderplatz 451
Dorst: Fernando Krapp hat mir diesen Brief geschrieben 1158
– Klaras Mutter 1031
Dürrenmatt: Monstervortrag über Gerechtigkeit und Recht 803
Dumézil: Der schwarze Mönch in Varennes 1017
Duras: Der Liebhaber 967
– Der Nachmittag des Herrn Andesmas 109
– Im Sommer abends um halb elf 1087

Eça de Queiroz: Der Mandarin 956
Ehrenburg: Julio Jurenito 455
Ehrenstein: Briefe an Gott 642
Eich: Aus dem Chinesischen 525
– Gedichte 368
– Maulwürfe 312
– Träume 16
Eliade: Das Mädchen Maitreyi 429
– Auf der Mantuleasa-Straße 328
– Fräulein Christine 665
– Nächte in Serampore 883
– Neunzehn Rosen 676
Elias: Mozart 1071
– Über die Einsamkeit der Sterbenden in unseren Tagen 772
Eliot: Old Possums Katzenbuch 10
– Das wüste Land 425
Ellmann: Vier Dubliner – Wilde, Yeats, Joyce und Beckett 1131
Elsschot: Villa des Roses 1121
Elytis: Ausgewählte Gedichte 696
– Lieder der Liebe 745
– Neue Gedichte 843
Enzensberger: Mausoleum 602
– Der Menschenfreund 871
– Verteidigung der Wölfe 711
Farrochsad: Jene Tage 1128
Federspiel: Die Ballade von der Typhoid Mary 942
– Museum des Hasses 1050
Fleißer: Abenteuer aus dem Englischen Garten 223
– Das Mädchen Yella 1109
Frame: Wenn Eulen schrein 991
Frisch: Andorra 101
– Biedermann und Brandstifter 1075
– Bin 8
– Biografie: Ein Spiel 225
– Biografie: Ein Spiel, Neue Fassung 1984 873
– Blaubart 882
– Fragebogen 1095
– Homo faber 87
– Montauk 581
– Stich-Worte 1138
– Tagebuch 1966-1971 1015
– Traum des Apothekers 604
– Triptychon 722

Gadamer: Das Erbe Europas 1004
– Lob der Theorie 828
– Über die Verborgenheit der Gesundheit 1135
– Vernunft im Zeitalter der Wissenschaft 487
– Wer bin Ich und wer bist Du? 352
Gadda: An einen brüderlichen Freund 1061
– La Meccanica 1096
García Lorca: Bluthochzeit/Yerma 454
– Gedichte 544
Gelléri: Budapest 237
Generation von 27: Gedichte 796
Gide: Chopin 958
– Die Rückkehr des verlorenen Sohnes 591
Ginzburg: Die Stimmen des Abends 782
Giono: Der Deserteur 1092
Goytisolo: Landschaften nach der Schlacht 1122
Goytisolo: Rückforderung des Conde don Julián 1187
Gracq: Die engen Wasser 904
Graves: Das kühle Netz 1032
Handke: Die Stunde da wir nichts voneinander wußten 1173
– Die Stunde der wahren Empfindung 773
– Die Wiederholung 1001
– Gedicht an die Dauer 930
– Wunschloses Unglück 834
Hašek: Die Partei 283
Hauptmann: Das Meerwunder 1025
Hemingway, Der alte Mann und das Meer 214
Herbert: Der Tulpen bitterer Duft 1180
– Ein Barbar in einem Garten 536
– Inschrift 384
– Herr Cogito 416
Hermlin: Der Leutnant Yorck von Wartenburg 381
Hesse: Demian 95
– Eigensinn 353
– Glück 344
– Iris 369
– Josef Knechts Lebensläufe 541
– Klingsors letzter Sommer 608
– Knulp 75

- Krisis 747
- Legenden 472
- Magie des Buches 542
- Mein Glaube 300
- Morgenlandfahrt 1
- Musik 1142
- Narziß und Goldmund 65
- Siddhartha 227
- Sinclairs Notizbuch 839
- Steppenwolf 869
- Stufen 342
- Unterm Rad 981
- Wanderung 444
- /Mann: Briefwechsel 441
Hessel: Heimliches Berlin 758
- Der Kramladen des Glücks 822
Hildesheimer: Biosphärenklänge 533
- Exerzitien mit Papst Johannes 647
- Lieblose Legenden 84
- Mitteilungen an Max 1100
- Mozart 1136
- Paradies der falschen Vögel 1114
- Tynset 365
- Vergebliche Aufzeichnungen 516
Hofmannsthal: Buch der Freunde 626
- Welttheater 565
- Gedichte und kleine Dramen 174
Hohl: Bergfahrt 624
- Daß fast alles anders ist 849
- Nächtlicher Weg 292
Horváth: Glaube Liebe Hoffnung 361
- Italienische Nacht 410
- Jugend ohne Gott 947
- Kasimir und Karoline 316
- Geschichten aus dem Wiener Wald 247
Hrabal: Die Katze Autitschko 1097
- Leben ohne Smoking 1124
- Lesebuch 726
- Ich habe den englischen König bedient 1139
- Reise nach Sondervorschrift 1157
- Sanfte Barbaren 916
- Schneeglöckchenfeste 715
- Tanzstunden für Erwachsene und Fortgeschrittene 548
Huch: Der letzte Sommer 545
Huchel: Gedichte 1018
- Die neunte Stunde 891

Ibargüengoitia: Augustblitze 1104
- Die toten Frauen 1059
Inoue: Das Jagdgewehr 137
- Der Stierkampf 273
- Die Berg-Azaleen 666
Jabès: Es nimmt seinen Lauf 766
Johnson: Skizze eines Verunglückten 785
- Mutmassungen über Jakob 723
Jonas: Das Prinzip Verantwortung 1005
- Gedanken über Gott 1160
Joyce: Anna Livia Plurabelle 253
- Dubliner 418
- Porträt des Künstlers 350
- Stephen der Held 338
- Die Toten/The Dead 512
- Verbannte 217
Kästner, Erhart: Aufstand der Dinge 476
- Zeltbuch von Tumilat 382
Kästner, Erich: Gedichte 677
Kafka: Der Heizer 464
- Die Verwandlung 351
- Er 97
Kasack: Die Stadt hinter dem Strom 296
Kaschnitz: Beschreibung eines Dorfes 645
- Elissa 852
- Gedichte 436
Kassner: Zahl und Gesicht 564
Kavafis: Um zu bleiben 1020
Kawabata: Die schlafenden Schönen 1165
Kim: Der Lotos 922
Kipling: Das Dschungelbuch 854
- Die beste Geschichte der Welt 1183
Kiš: Ein Grabmal für Boris Dawidowitsch 928
Koch: Altes Kloster 1106
Koeppen: Das Treibhaus 659
- Der Tod in Rom 914
- Eine unglückliche Liebe 1085
- Jugend 500
- Tauben im Gras 393
Kolmar: Gedichte 815
- Susanna 1199
Kracauer: Über die Freundschaft 302

Kraus: Die letzten Tage der
    Menschheit 1091
– Nachts 1118
– Pro domo et mundo 1062
– Sprüche und Widersprüche 141
Krolow: Alltägliche Gedichte 219
– Fremde Körper 52
– Gedichte 672
– Meine Gedichte 1037
Krüger: Das zerbrochene Haus 1066
Kyrklund: Vom Guten 1076
Lagercrantz: Die Kunst des Lesens
    980
Langgässer, Das Labyrinth 1176
Lasker-Schüler: Mein Herz 520
– Arthur Aronymus 1002
Lavant: Gedichte 970
Lawrence: Auferstehungsgeschichte
    589
– Der Mann, der Inseln liebte 1044
Leiris: Lichte Nächte 716
– Mannesalter 427
Lem: Robotermärchen 366
Lenz: Dame und Scharfrichter 499
Lévi-Strauss: Mythos und Bedeutung
    1197
Lispector: Aqua viva 1162
– Die Nachahmung der Rose 781
– Nahe dem wilden Herzen 847
Maass: Die unwiederbringliche
    Zeit 866
Majakowskij: Ich 354
Malerba: Geschichten vom Ufer des
    Tibers 683
Mandelstam: Die Reise nach
    Armenien 801
– Die ägyptische Briefmarke 94
Mandiargues: Schwelende Glut 507
Mann, T.: Schriften zur Politik 243
– /Hesse: Briefwechsel 441
Mansfield: Glück 1146
– Meistererzählungen 811
Marcuse: Triebstruktur und
    Gesellschaft 158
Mayer: Ansichten von Deutschland
    984
– Ein Denkmal für Johannes Brahms
    812
– Frisch und Dürrenmatt 1098
– Versuche über Schiller 945

Mayröcker: Das Herzzerreißende der
    Dinge 1048
– Das Licht in der Landschaft 1164
Mendoza: Das Geheimnis der
    verhexten Krypta 1113
Michaux: Ein gewisser Plume 902
Miller: Das Lächeln am Fuße der
    Leiter 198
Milosz: Gedichte 1090
Mishima: Nach dem Bankett 488
Mitscherlich: Idee des Friedens 233
Modiano: Eine Jugend 995
Montherlant: Die Junggesellen 805
– Moustique 1060
Morselli: Dissipatio humani
    generis 1117
Mulisch: Das steinerne Brautbett 1192
Muschg: Briefe 920
– Leib und Leben 880
– Liebesgeschichten 727
– Noch ein Wunsch 1127
Musil: Vereinigungen 1034
Nabokov: Lushins Verteidigung 627
Neruda: Gedichte 99
– Die Raserei und die Qual 908
Nimier: Die Giraffe 1102
Nizan: Das Leben des Antoine B.
    402
Nizon: Canto 1116
– Das Jahr der Liebe 845
– Stolz 617
Nooteboom: Die folgende Geschichte
    1141
– Der Buddha hinter dem
    Bretterzaun 1189
– Ein Lied von Schein und Sein 1024
Nossack: Das Testament des
    Lucius Eurinus 739
– Der Untergang 523
– Spätestens im November 331
– Unmögliche Beweisaufnahme 49
O'Brien: Aus Dalkeys Archiven 623
– Der dritte Polizist 446
Ocampo: Die Furie 1051
Oe: Der Fang 1178
– Der Tag, an dem Er selbst mir
    die Tränen abgewischt 396
Ōgai Mori: Die Wildgans 862
– Die Tänzerin 1159
Olescha: Neid 127

Ollier: Bildstörung 1069
Onetti: Abschiede 1175
– Der Tod und das Mädchen 1119
– Grab einer Namenlosen 976
– Leichensammler 938
– Der Schacht 1007
Palinurus: Das Grab ohne Frieden 11
Pasternak: Die Geschichte einer
  Kontra-Oktave 456
– Initialen der Leidenschaft 299
Paulhan: Der beflissene Soldat 1182
Paustowskij: Erzählungen vom Leben 563
Pavese: Junger Mond 111
Paz: Adler oder Sonne? 1082
– Das Labyrinth der Einsamkeit 404
– Der sprachgelehrte Affe 530
– Gedichte 551
Penzoldt: Der arme Chatterton 1064
– Der dankbare Patient 25
– Prosa einer Liebenden 78
– Squirrel 46
Percy: Der Kinogeher 903
Perec: W oder die Kindheits-
  erinnerung 780
Pérez Galdós: Miau 814
– Tristana 1013
Pilnjak, Das nackte Jahr 746
Piñera: Kleine Manöver 1035
Pinget: Passacaglia 1084
Plath: Ariel 380
– Glasglocke 208
Plenzdorf: Die neuen Leiden des
  jungen W. 1028
Ponge: Das Notizbuch vom
  Kiefernwald / La Mounine 774
– Die Seife 1134
– Texte zur Kunst 1030
Proust: Eine Liebe von Swann 1185
– Tage des Lesens 1166
Puig: Der Kuß der Spinnenfrau 1108
Queiroz: Das Jahr 15 595
Queiroz Eça de: Der Mandarin 956
Queneau: Ein strenger Winter 1110
– Mein Freund Pierrot 895
– Stilübungen 1053
– Zazie in der Metro 431
Radiguet: Der Ball 13
– Den Teufel im Leib 147
Ramos: Angst 570

Remisow: Gang auf Simsen 1080
Reve: Der vierte Mann 1132
Rilke: Ausgewählte Gedichte 184
– Briefe an einen jungen Dichter 1022
– Bücher Theater Kunst 1068
– Das Testament 414
– Die Sonette an Orpheus 634
– Duineser Elegien 468
– Malte Laurids Brigge 343
Ritsos: Gedichte 1077
Ritter: Subjektivität 379
Robbe-Grillet: Die blaue Villa
  in Hongkong 1169
– Die Radiergummis 1033
Roditi: Dialoge über Kunst 357
Rodoreda: Aloma 1056
– Auf der Plaça del Diamant 1133
– Der Fluß und das Boot 919
Rose aus Asche 734
Rosenzweig: Der Stern der
  Erlösung 973
Sachs: Gedichte 549
Salinas: Gedichte 1049
Savinio: Maupassant 944
Schickele: Die Flaschenpost 528
Scholem: Alchemie und Kabbala 1148
– Judaica 1 106
– Judaica 2 263
– Judaica 3 333
– Judaica 4 831
– Judaica 5 1111
– Von Berlin nach Jerusalem 555
– Walter Benjamin 467
Scholem-Alejchem: Eine Hochzeit
  ohne Musikanten 988
– Schir-ha-Schirim 892
– Tewje, der Milchmann 210
Schröder: Der Wanderer 3
Seelig: Wanderungen mit
  Robert Walser 554
Seferis: Alles voller Götter 1065
– Sechs Nächte auf der Akropolis 1147
– Poesie 962
Seghers: Aufstand der Fischer 20
Sender: Der König und die Königin 305
– Requiem für einen spanischen
  Landmann 133
Shaw: Die Abenteuer des
  schwarzen Mädchens 1029

- Die heilige Johanna 295
- Frau Warrens Beruf 918
- Handbuch des Revolutionärs 309
- Helden 42
- Wagner-Brevier 337
Simenon: Der Präsident 679
Simon, Claude: Das Seil 134
Šklovskij: Zoo oder Briefe nicht über die Liebe 693
Sokolow: Die Schule der Dummen 1123
Solschenizyn: Matrjonas Hof 324
Spark: Die Ballade von Peckham Rye 662
Stein: Erzählen 278
- Ida 695
- Jedermanns Autobiographie 907
- Kriege die ich gesehen habe 598
- Paris Frankreich 452
- Q.E.D. 1055
- /Anderson: Briefwechsel 874
Steinbeck: Die Perle 825
Steiner: Schnee bis in die Niederungen 1070
Sternberger: ›Ich wünschte ein Bürger zu sein‹ 1170
- Figuren der Fabel 1054
Strindberg: Der romantische Küster auf Rånö 943
- Fräulein Julie 513
- Schwarze Fahnen 896
Suhrkamp: Briefe an die Autoren 100
- Der Leser 55
- Munderloh 37
Szymborska: Deshalb leben wir 697
Trakl: Gedichte 420
Ullmann: Erzählungen 651
Ungaretti: Gedichte 70
Valéry: Eupalinos 370
- Gedichte 992
- Herr Teste 1191
- Über Mallarmé 1101
- Windstriche 1172
- Zur Theorie der Dichtkunst 474
Vallejo: Gedichte 110
Vargas Llosa: Lob d. Stiefmutter 1086
Verga: Die Malavoglia 761
Waginow: Auf der Suche nach dem Gesang der Nachtigall 1094
Walser, M.: Ehen in Philippsburg 527
- Ein fliehendes Pferd 819
- Gesammelte Geschichten 900
- Meßmers Gedanken 946
- Ohne einander 1181
Walser, R.: Der Gehülfe 490
- Der Spaziergang 593
- Geschwister Tanner 450
- Jakob von Gunten 515
- Poetenleben 986
Weiss, P.: Abschied v. d. Eltern 700
- Der Schatten des Körpers 585
- Die Verfolgung und Ermordung Jean Paul Marats 1167
- Fluchtpunkt 797
Weöres: Der von Ungern 1063
Wilde: Bildnis des Dorian Gray 314
Williams: Die Worte, die Worte 76
Wittgenstein: Über Gewißheit 250
Wittlin, Mein Lemberg 1156
Woolf: Die Wellen 128
Yacine: Nedschma 116
Zweig: Die Monotonisierung der Welt 493
Zwetajewa: Auf eigenen Wegen 953
- Ein gefangener Geist 1009
- Mutter und die Musik 941
- Phoenix 1057